# 我的
# 文俊老爸

马小起 著

上海文艺出版社

著名翻译家李文俊
(一九三〇年十二月八日——二〇二三年一月二十七日)

余生逢乱世,读书无多,资质平平,经历中亦无甚大起大落、可歌可泣、可赞可叹之处。本应大哭而来,寂寞而去,毋庸多耗笔墨。然余一生,为人处世,尚称清正平和;观察世态,常能保持冷隽幽默之眼光。

——李文俊,《静轩杂录》

童年时期的李文俊

"我爸爸是英商怡和洋行职员,会英语,回家经常跟我们小孩子讲英语。我中学时候的英语老师人很温柔,对我很好,我英语每次都要考第一名,我想让她高兴。有一次我得了第三名,伤心得大哭,朱老师就把我揽在身边好好哄着我。"

回想起来，在文学翻译上开始学步，已是半个世纪之前的事了。那时我还是个高中生，班上有一位同学，门门功课都好（体育课除外），英语成绩尤佳。当时，他已译出一些短文与小说，发表在刊物上。我看到后好生眼热，便主动接近他，想学上几招。后来我们一点点处熟，便斗胆合译起长篇小说来——我永远感谢他的领路。等到书出版，我还是个大学二年级的学生。译笔的稚嫩可想而知。但我就是这样走上文学翻译之路的。

——李文俊，《寻找与寻见·后记》

青年时期的李文俊

李文俊、张佩芬结婚照

想当初,独自一人,拎了个铺盖卷和一只小箱子,进了北京。一开始,住的是几人一间的集体宿舍,毫无个人隐私可言。几年后,结婚了。总算有了一个房间,却连厨房、厕所都是没有的。记得新婚之夜,从舞会回来,还是和妻子费了好大的劲儿,把靠在门外那张单位发的双人木床抬进屋里架起的呢。

——李文俊,《搬家》

"我割麦子乱七八糟的,老乡一把推开我。盖房子、挖井,我干什么都很努力,越努力老乡越看不上我。最后让我去干木活,锯木头,我也有兴趣,觉得当个木匠也挺好,结果还没学会就被社科院召回了。"

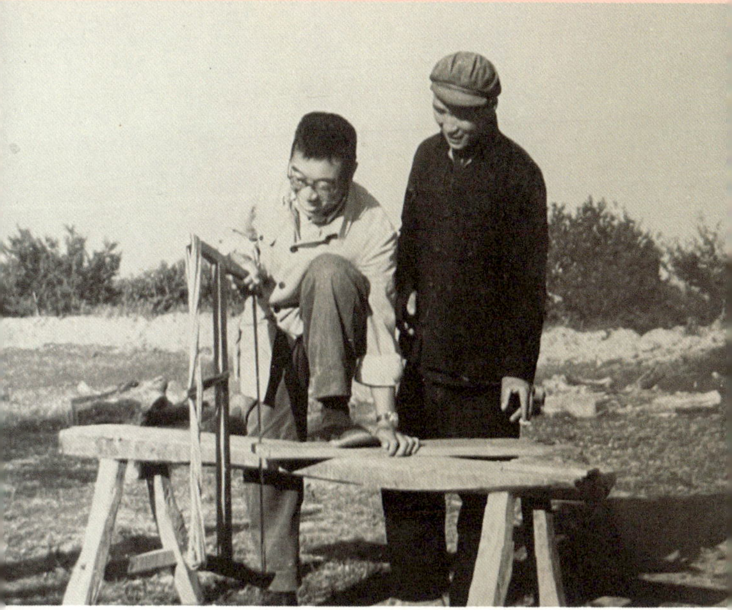

遥想当年在河南干校,连大学问家钱锺书、杨绛先生,都要问小子我借书看呢。

——李文俊,《同伙记趣》

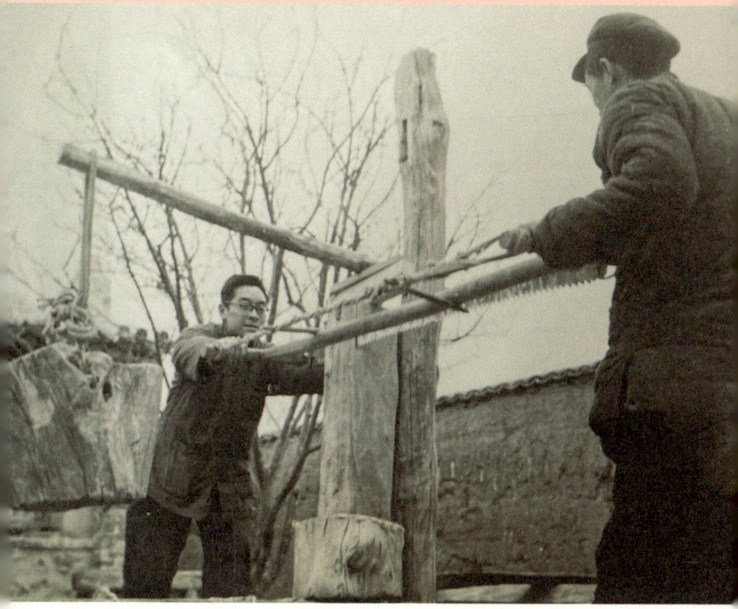

我一直感受到,杨先生虽然年届遐龄,身体病弱,但是生命力却是无比的坚韧与顽强。

——李文俊,《余音绕梁谱新曲:关于杨绛先生的二三事》

二〇〇七年，李文俊于杨绛先生家中

二〇一五年，李文俊、张佩芬与杨绛先生合影

杨先生一百零四岁生日那天,我和佩芬还去看过她,她当时特别高兴,看上去精神不错。我们带去的礼物之一,是给她祝寿的书画,上书:乙未嘉月吉日松枝双馨　季康夫子百龄又四　后学李文俊张佩芬敬贺。那是我们发自心底的美好祝愿,希望她福寿无疆。

——李文俊,《百遍思君绕室行:追忆钱锺书、杨绛夫妇六十年往事》

翻译是苦事，有时也很机械，才子们到头来都会对它敬而远之。但是谁是大师们忠贞不二的卫士，谁是这些伯牙的钟子期？恐怕还不是他们的配偶与子女。对他们的作品抠得最细直到字里行间甚至纸背的，恐怕也不是什么什么主义的研究者吧。在许多情况下，都是因为有了一位称职的译者，某位作家才在某种语言读者中留下印象。这才是译人的喜悦。

——李文俊，《译人的喜悦》

二〇一八年元旦，老友相聚
（从左起，依次为张佩芬、李文俊、薛鸿时、罗新璋）

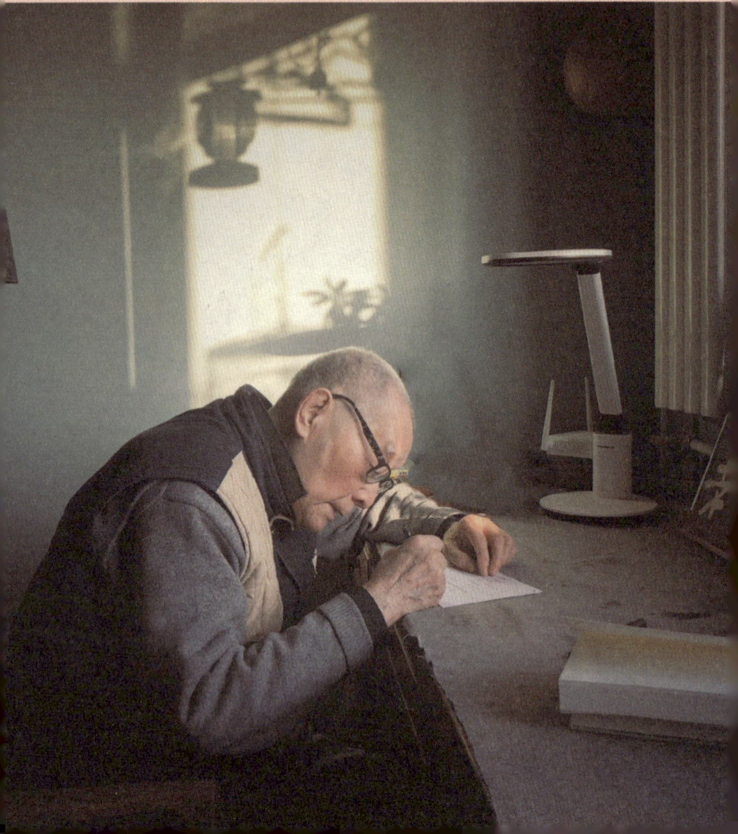

我这么拐,那么绕,通过念新闻系,当编辑,搞翻译,写论文,千方百计地向文学靠拢。我没有写出鸿篇巨制,更没有"先富起来",但这不要紧。我的工作就是我的娱乐。我成天与文学巨匠们亲近,直到深夜他(她)们还在向我喃喃细语,与我"耳鬓厮磨"。当然,我自己也写一些小东西,它们不值一提,但这无关紧要。在写的过程中我宣泄了自己的苦闷,玩味着些许的创作喜悦,也就是说,是在实现我儿时的文学梦。我知足了,因为我本来就是个平凡的人。

——李文俊,《从未出过那么多汗》

综合理论

若问我工作之余作何消遣,除了看闲书、听音乐、看画,逛书店和旧货铺就是我的最高享受了。

——李文俊,《真假古董》

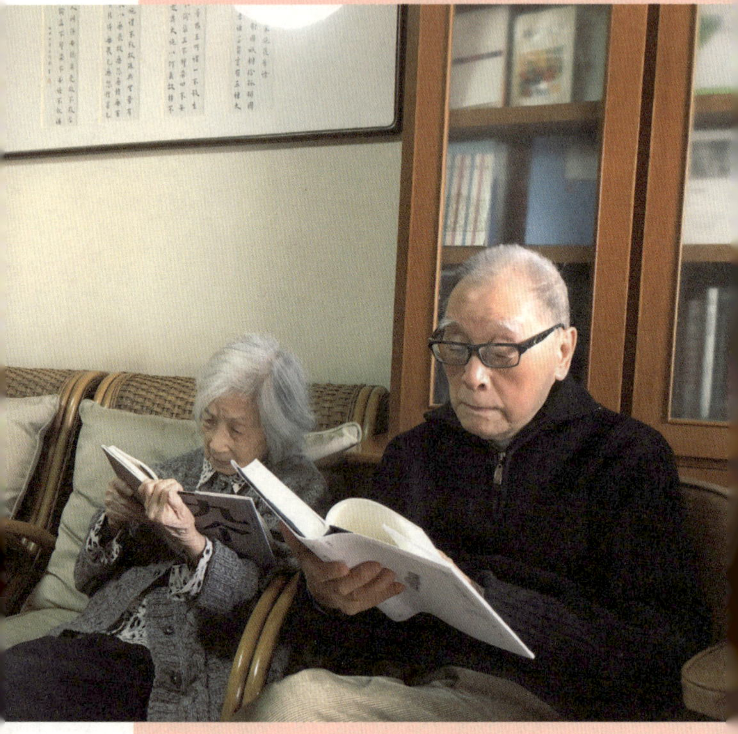

有时，看到家中几架子书中，竟有一些还是中学时代省下可怜巴巴的几文零用钱买下的，至今仍未轮到一读，心想我有负于这些书呀。此时，不禁会有点伤感。现如今，看到好书，想买，却要踌躇一番了。买书的钱倒是不缺了，可是我能抽出时间读它们吗？书到了我的手中，它们会不会像近六十年前买下的那些一样，同样遭到受冷落的命运呢？但是，书还是要买还是要读，哪怕是仅仅为了充实自己，做一个有着完整意义的人。

——李文俊，《挽弓当挽强》

最后这一两年,老爸的生活一如既往地规律,什么都能自理。每天坚持自己洗澡,身上没有一丁点儿老年人身体的腐朽气味,九十岁还能骑自行车上街。我一听说他又骑车上街了,就心惊肉跳地脑补各种他摔跤的画面,但人家每次都能拎着菜篮子,里面盛着他买来的面包水果,毫发无损美滋滋地回来。

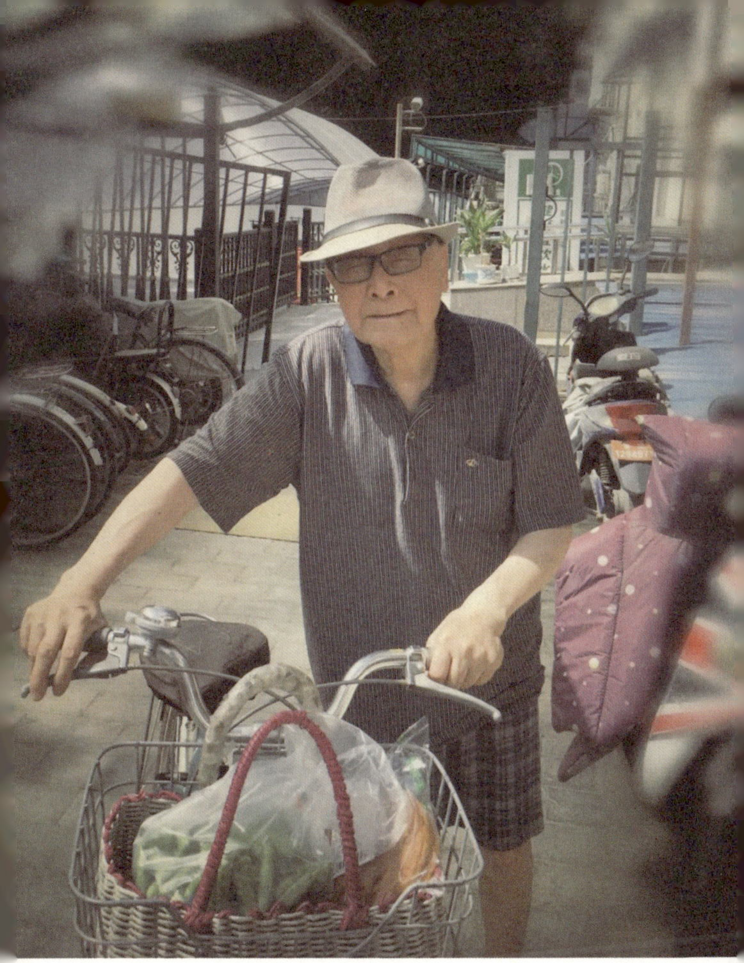

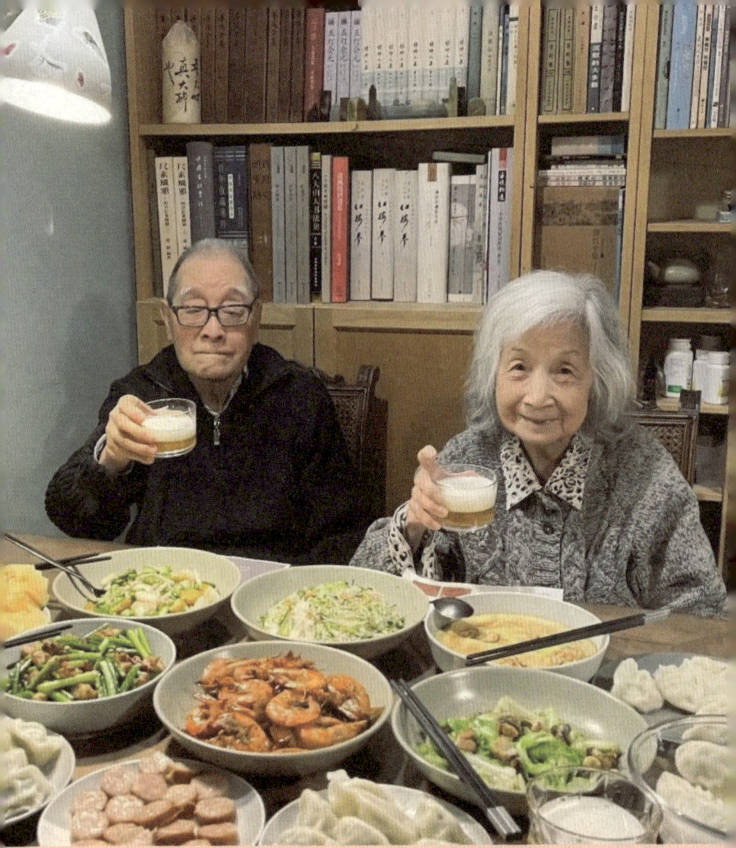

如今坐拥书城,只要不拉闸停电,身体吃得消,尽可读到东方既白。偶尔还能领到几文稿费,买点酒菜。几杯下肚,有一搭没一搭(时醒时睡之故也)地看看人家电视剧编得有多可笑。人生至此,更欲何求?

——李文俊,《同伙记趣》

李文俊、张佩芬结婚六十七周年纪念日合照。
中间为作者。

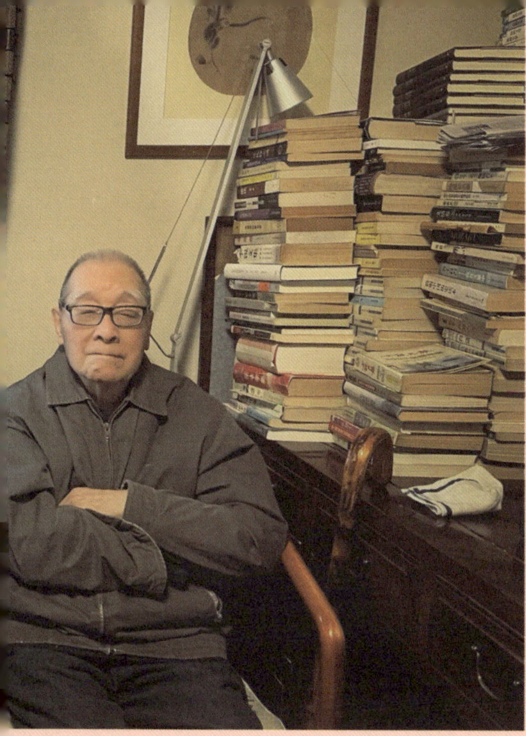

最后那天下午,我在厨房做晚饭,老爸在客厅听音乐,老妈在旁边看报,傻天使静静陪伴。锅里炖的汤飘出香味儿,邓丽君温婉甜美的歌声传到厨房,我一边切菜一边想,这样的好时光要长一些,再长一些。

李文俊去世前七天于家中

余读鲁迅《野草》,内赫然曰:"待我成尘时,你将见我的微笑。"此绝妙好词,大可勘刻于李某人骨灰存放处之石上也。

——李文俊,《静轩杂录》

待我成尘时，
你将见我的微笑。

迅翁"野草"中语
文俊敬录

小三诸葛亮坐在花台上摆下迷魂阵但等飞来将庚寅夏月时龄九十又一于之斋

李文俊毛笔手书

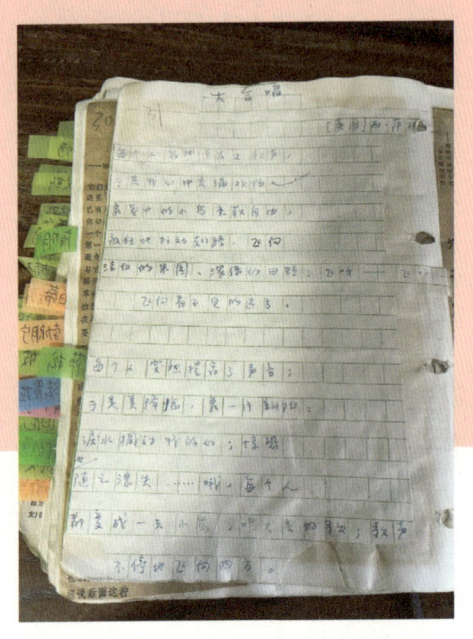

老爸这一生留下的只有文字，这些文字又是什么呢……

我在寻找的路上艰苦跋涉。我触摸到荆棘，也采集到花与果。我并非天资聪颖的人，只能凭着自己的执著与坚韧，走我的羊肠小道，进入的也只是"窄门"。总的说来是企盼寻求的多，真正到手的少。但我已心满意足。本来，世上就是"人生短，艺术长"。

倘天假以年，我当继续寻找。

——李文俊，《寻找与寻见·后记》

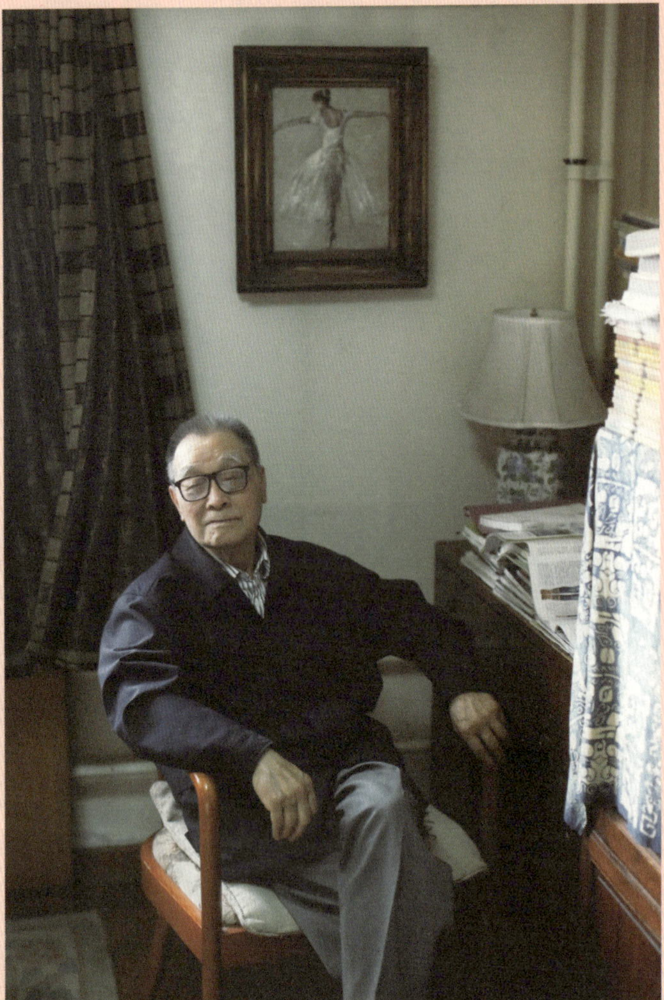

## 群星在紫光中旋转

希尔达·杜利特尔（Hilda Doolittle）
李文俊 译

群星在紫光中旋转，你的星不像
黄昏星那样难得露面，也不那么巨大
如明亮的"毕宿五"或是"天狼"，
也不像战神的那颗那样血污耀眼。

群星在紫光中回旋，光辉夺目；
你的星没有"七姊妹"那么仁慈
也不像"猎户座"那些蓝宝石，璀璨晶莹；

而是显得清醒、矜持、冷峻，
当所有别的星摇摇欲坠，忽明忽灭
你的星却钢铸般一动不动，独自赴约
去会见货船，当它们在风雨中航向不明。

1938 年

一

我的李文俊老爸于二〇二三年一月二十七日凌晨三时三十分安详离世。我的先生"傻天使"喃喃地说:"再也听不到老爸的声音了。"泪水止不住。我们时而清醒、时而糊涂的老妈,清醒的时候故作坚强地说:"你悲伤没用,颓废没用,纪念他最好的方式就是把自己活得好好的。"迷糊的时候,她会问我:"爸爸去哪儿了?找不到爸爸怎么办?"而我,甚至不能流露我的悲痛……我失去的是世上我最敬最爱的人;面对的是两个最值得心疼、最需要我爱的人。"悲催切割,痛贯心肝。"这样的词句,一定不是那些能够控制好自己情绪的人想出的,深切的悲伤，是不由己的。

　　脑子转到老爸爸、又被理性叫停的瞬间，同时会谴责自己：我怎么可以禁止自己想我那么好的老爸爸？我怎敢淡漠了我生命中最大的恩义？我要如何找到一个好的方式，余生都念着我的老爸爸……

　　此刻我独自在老爸爸的小房间里，坐在他的书桌前，用他生前用过的纸笔，记录着我对他的思念。同时又惊异生命的不可思议，我这样的人何德何能与李文俊老爸有如此神奇而美好的缘分呢？

　　抬头望墙上老爸爸的遗像，遗像下整齐地摆放着老爸的译著与鲜花，音响里放着老爸喜欢的音乐。午后阳光照耀在他的遗像上，面庞上有一道彩色光晕，光影里老爸爸的眼睛与我对视着，嘴角微抿，眼神温和安详，略有悲悯神色，分明是前两天还坐在我面前与我开心说笑的样子啊。

　　老爸爸还在,他不会舍得真正离开我们。

二

我这一生对自己唯一满意的角色：我是李文俊老爸爸的儿媳妇。

我刚来北京时，在琉璃厂中国书店的四合院里，租了一个不到十平米的小店铺，主要经营我妹妹马新阳的画作。那时候书画市场挺火,马新阳已是中国艺术研究院博士,是不少画商看好的、作品有升值空间的年轻画家。小店的收入还可以勉强维持我在北京的生存。

开始那几年我住在琉璃厂附近胡同、厕所旁搭的一个小棚子里,活得艰难寂寞自不必说,但毕竟人还算年轻,对生活有许多不切实际的幻想,凭着那股子无知无畏的勇气,又加上实实在在地打开了眼界,接触到了自己真正喜欢的东西,内心倒十分充实,并不把生活本身的艰辛当回事儿,谋生之余大多数时间与精力都用在自学写字上。我对书法与文字有一种与生俱来的狂热爱好,大概因为五岁起我爸就教我写字的缘故,琉璃厂中国书店这样的环境正好为我提供了诸多方便的学习条件。全凭本能与运气执著着,对生命有一种莫可名状的高蹈的理想，似乎也的确越来越见希望。但却忽然因为种种原因，一下子失去了经济来源，当时手里只有够支撑我在北京生活一两年的房租，也想尽其他办法，却怎么也没有找到别的出路，人仿佛一下子又被推入绝境。

　　我那时候想，就当在北京再学习一年，大不了钱花光了我就撤了这个小店，只是活下去就简单了。在心里做好了最坏的打算，像条流浪狗一样在北京的街头惶惶不可终日地张望着……正是我人生的至暗时刻。

　　就在这时有朋友说要给我介绍个男的相亲，我一想这也是条路，就破罐子破摔一样痛快地答应下来。朋友问我有什么要求条件，我想不能错过任何机会，就告诉她是个男的就行，使劲儿介绍，我自己选。

她就把傻天使的联系方式给了我，又介绍了一下傻天使的条件。我不认识人，光看条件，感觉算个机会。结果一见到他，甚是意外，之前就没见过这样的人类。他那时已四十多岁，看上去还以为是个青涩的大学生，对世界有一种茫然无措的拘谨和不为人所惊扰的安宁寂静。刘海留得长长的遮住视线，他以为看不到人家，人家就看不到他。与我相亲,进门我请他坐下后一句话不说,一眼也不看我。他不尴尬我尴尬呀,找话跟他讲,他或"嗯"一声,或点头摇头,镇定自若地将沉默进行到底。而我竟不觉得他讨厌,只是忘了认识他的目的,当成多一个安静纯良的小朋友,何况他还是大翻译家李文俊先生的儿子,我不看僧面也得给佛几分情面。于是继续微信联系,固定的那几句,当然人家毕竟还是每天主动联系我的。问:"吃饭了吗?"答:"吃了。"问:"今天忙吗?"答:"不忙。"每天问答个两三遍。

有时候赶上我情绪好也会找话跟他说,他倒是可以用文字正常应对,当然我的话题不能太人类。这使我很快明白这个人脑子还是清楚的,只不过缺乏与他人交流互动的能力,而且我发现他也不知道与我认识的目的是什么。

问过他，说是老爸让他来和我相亲，因为老爸总让他出来和女生相亲。我一听非但不怨他，反而更来劲了。我卑鄙地想，这样好啊，反正我也不会看上他，但可以通过他认识一下大翻译家李文俊呀。李文俊先生这样的人，对那时候的我而言，是夜空中的星月，我能够望上一眼都会心地明净，荣耀一番。

于是二十天之后，我对傻天

使提出:"能带我去见见你父母吗?"

傻天使先是为难地问我,到了他家能不能别笑话他们家那一屋子的假古董。我一听乐了,原来人家傻天使已经了解我了呀:眼毒嘴刁。赶紧假意应允,指天发誓,绝不笑话。

就这样,第二天晚上,我拎着几根便便宜宜的鲜花来到这个家,见到了传说中的大翻译家

"李文俊、张佩芬伉俪"。

一进门老两口已在门口迎接，先是老太太欢呼一声："这么高的个子呀！这么漂亮呀！"惊为天人的表情让她演绎得很到位。老先生笑眯眯地看看我，一副满心欢喜一见钟情的样子。打完招呼让我入座，老先生亲手递上为我备好的巧克力和红酒，并说马上开饭。我想果然很洋派、很绅士，赶紧谄媚地说："我可以先欣赏一下您的收藏吗？这一屋子瓶瓶罐罐真好看呀!"然后用余光扫到傻天使无声地笑到瑟瑟发抖。老先生一听我与他有共同爱好，愈发神采飞扬起来，领着我看这个看那个，亲自拿出来他那些玩意儿，给我介绍它们的名堂。我表现出一个一流演员具备的素质，逗得他心花怒放，当场送我一个他的唐代鎏金小铜佛。当然他觉得他的藏品都是真的，并且也是花了大价钱的。我就不是扫兴的人,赶紧当真的千恩万谢地收下。

吃饭的时候,我们仨聊得很投缘,具体什么话题我都忘了,只记得傻天使被我们仨逗得闷笑不止。在我眼里简单极了完全没有味道的几个菜,老先生一直夸:"张佩芬今天的厨艺真是大显身手!"我暗想给他当老婆可真有福,太好对付了。

饭后傻天使去洗碗。这时候

白发苍苍颤颤巍巍的两个老人一起走到我面前,老先生递给老太太一个蓝丝绒小盒子,老太太打开,双手捧着说送给我。我一看这不正是我梦寐以求的翡翠戒指吗?那么大的满绿老坑翡翠戒面镶嵌在 K 金指环上。我眼多毒呀,不用再扫第二眼,就知道这是真货无疑,吓得赶紧站起来。我不能接受呀,我怎么拒绝呢?脑子不转了,半天冒出一句话:"这应该是送给女儿的,不能随便送人,这个很珍贵的!"老太太说:"对,这是我妈妈送给我的,从今天起你就是我的女儿了。"我当场愣在那里,喃喃地说:"那我先替您收着。"两个人一下子都笑得灿烂起来,那样子好像就算我卷着跑了,他们也还是要送给我,绝无丝毫猜忌犹豫。傻天使这时候洗完碗出来,看着我们三个的样子,竟然一脸孩子气的得意,好像带我回家是他送了老爸老妈一件满意的礼物。

我傻傻地望着他们仨因为我的到来而满心欢喜的样子，还有这间东西长条的大通间老房子，昏暗灯光下的旧式老家具，书架上整齐的书籍，无处不在的奇形怪状的瓶瓶罐罐……我仿佛一下子回到百年前的空间，陈旧沧桑，却弥漫着经年的纯真气息。忽然暗中悲从中来，两位先生再也不是我仰望的星月,只是两位托孤的老人。

那一刹那我想起《圆觉经》里那一句:"非爱为本,但以慈悲令彼舍爱。"

傻天使送我回家的路上,我为了掩饰内心波澜,一出门就坏笑着对他说:"你们家所有的古董,没一样比你爹妈老的。"傻天使又笑到双肩发抖,丝毫不介意我违背诺言,于是我愈发肆无忌惮地逗他笑了一路。

到了我自己的小窝，我打开那个至少一百年的蓝丝绒小盒子，取出翡翠戒指，恭敬地凝望着……我想我得严肃地对待傻天使了，我挺喜欢他，但没想过，也不想想别的了，而他一定也不知道还有别的。

第二天我问傻天使："我们两个是怎么认识的来着？"

"相亲。"

"相亲的目的是什么呢？"

"结婚。"

"结婚之前你是让我做你的好朋友呢还是女朋友？"

"有区别吗？"

于是我这个难得好好说话的"混不吝"，第一次耐着性子掰开揉碎给他讲了做好朋友和女朋友不同的相处方式，并详细地告知他关于我自己的具体条件。他似懂非懂地庄重地说，让他考虑考虑。有生以来我第一次感到作为女性的骄傲被伤害了，居然还有人要"考虑考虑"我。我给他三天时间考虑，又一转念，不对，改成三个钟头的时间考虑。看了一下表告诉他，这是夜里十点开始计时，然后我扔下手机就去洗漱睡觉了。

醒来看到微信留言，是傻天使凌晨三点发来的消息："做女朋友吧。"五个字，我感受到了他要赌上一生的决心，虽然多考虑了两个钟头，但人家毕竟为此一夜无眠，多感人呀！

他开始照着我教他的模式笨拙地和我微信搭讪，我积极配合引导，但没想到三天后见面他就给我一句："领证。"又给我吓了个趔趄。

"领什么证？"

"结婚。"

我不接茬儿，我就想先假装

做你的女朋友,然后各种幺蛾子,就你这样的还不得三天就吓昏了。没想到我越荒诞,他越开心,甚至脸上的表情都丰富了,从不说话进步到两三个字两三个字地能跟我互动一下。但每次见面就是"领证""结婚"两个词来回轱辘,我怎么也扯不远他这根筋了,只好让他再带我去见一下他的老爸老妈。我跟他是说不清了,我得对人家老先生有个交代,别耽误人家孩子了。

第二天我打好腹稿，心事重重，下午早早地第二次进入这个家门。老先生见到我赶紧迎上来，眼睛亮亮的满是期许，脸上洋溢着从心底生出的欢喜。我不敢看他的眼睛，也没敢先说话。他坐在离阳台写字桌近的转椅上，沉稳自如，我坐在他的侧面，不看他的脸。

终于，我鼓起勇气指着傻天

使对他说:"他现在见到我就求婚怎么办?"老先生淡然回答:"你俩不就是要结婚的吗?"我讷讷地说:"可是才认识一个月,这也太快了。"他立即说:"不快,他已经找了你四十多年了。"我一下卡壳了,心想傻天使娶不上媳妇这事儿都赖上我了。他见我愣住,拍拍我的手臂说:"放心,他不是坏人。"我说:"那你就不怕我是坏人?"他认真地说:"你能把字写得那么好，就坏不到哪儿去。放心，我会看。"我心起波澜，无言以对。他也沉默片刻。这时候他的转椅在原地转过来，他的脸正对着我的侧脸，就坐在椅子上深浅适中地给我鞠了一躬："让您受委屈了。"语气淡淡的，却一下子将我击中，忽然泪目，扭过头去……我还能说什么，还能怎样，本来准备好的一肚子话就在见到他的那一瞬全忘了。

从那一刻起我就像被催眠了一样，心里空空的，脑袋木木的，也不记得自己是怎么出门、怎么回家的了。

又过了一周，傻天使来看我，我说你得请我吃顿饭。我俩走在路上，他和我一起走路，总是尾随在我身后半米多的距离，我快他快，我慢他慢。忘了问他什么话，只记得他又咕哝了两字："结婚。"我先是不吭气儿，快步走着,忽的一下子转过身,凶巴巴恶狠狠地给了他一个字:"结!"他先是蒙了,几秒钟后又抖着肩笑个没够。

几天后我们去领证。那天我手脚冰凉,心神恍惚,摸摸傻天使的手也是冰冷的。

领完证傻天使说老爸老妈在家等着。我俩去花店买了几大捧鲜花,直接回去,到家发现老先生已经在屋子里摆了好多瓶花,百合玫瑰在他那些假古董瓷瓶里盛情绽放。我跟着傻天使喊了他一声："老爸。"他开心的样子让我意外，诧异自己竟能让一个人这样幸福，笑得如此美满。中午我们四个一起出去吃了顿饭，他频频举杯，忘了吃菜，差不多要把世上的甜言蜜语都讲给我听，我当时的快乐也是真实的。

然后他小心翼翼问我，嫌不嫌他儿子不说话。我举着酒杯说：

"当我沉默着的时候,我觉得充实;我将开口,同时感到空虚。"他端起酒杯与我碰了一下,悠悠地说:"待我成尘时,你将见我的微笑。"人生能有几个这样的瞬间?我无悔了。

三

当天，傻天使抱着几件破衣服，带上他的洗漱用品，搬到了我租住的二十多平米的小屋子里，我们重新开始了我们的人生。那时候傻天使有一份不用讲话就能胜任的工作，画建筑设计图。因为不懂自我保护,被公司奴役压榨,二十多年劳碌疲乏,他隐忍承受下来。每周我们都会与老爸老妈聚餐,有时候也下馆子。我俩经济条件比较窘迫,傻天使累死累活,工资仅够维持房租。我那时完全没了经济来源,所以大多数时候都是在我们那间二十多平米的小屋里,我下厨做上一桌子菜,开一小瓶酒。每次老爸都盛赞我的厨艺,老妈尤为捧场,筷子不停。饭桌上我与老爸调皮逗玩,傻天使捡乐不止地傻笑。他不会像正常人一样笑出声音,总是脖子一缩,低着头双肩抖动,笑到停不下来。我们三个看他那样子就跟着大笑。他们说傻天使之前从来不笑,见到我之后会笑了。

起初每次见面,我在厨房的时候老爸都会颤颤巍巍地走到我身边,小心翼翼地问有没有发现傻天使有什么问题,我每次都大声回答没问题。他又追问:"那你开心吗?"我拖着长腔:"开心。""那就好,那就好。"我说:"他就是每天冒一百个傻泡。"老爸诚恳地说:"那你就负责刺破他的傻泡。"我俩都笑起来。他战战兢兢走出厨房,那样子好像是一个把货物以次充好卖出去的善良小贩,又对人愧疚,又怕人家退货。我实在不忍他受这种心理折磨,又一次他问的时候,我一边翻炒着菜一边答:"嘻,不就自闭症嘛!"他立即说:"轻度的,轻度的。""介意吗?""不介意。""那你开心吗?""开心极了,太开心了!"我的语气是真的开心,为老爸爸那憨憨的样子,也想起平常傻天使那份不会惊扰到别人,却永远透明的、善意的存在状态。

## 四

　　大半年后,老爸语气轻松地对我讲,我们租的小房子不太方便,去看看房源,要有看得上的就帮我们凑钱买一个。他这话我根本就没往心里走,北京的房价、他们老两口那点工资加上稿费,还有我和傻天使的现状，怎么敢想？但老爸又在我跟前提了两遍，我过后教着傻天使回去摸摸他们家的财务老底，傻天使每次都能漂亮地完成我交给他的任务。这样我心里有数了，加上我俩的那一小部分存款，估算一下可以买一个小小的老房子。买房子的过程非常之顺利，就好像它早在那里等着我们住进去了。不到五十平米，北京最早的一批老楼房，周边最高的建筑就是国家博物馆,阳台上俯瞰大半个"老北平",离我的小工作室步行二十分钟。

因为有了这个小房子,我生平第一次体验到了常人该有的安稳与幸福。我指挥设计,傻天使配合,我俩打造了一个温馨舒适又独具风格的小窝。所有第一次去我家的朋友一进门都是要欢呼的。我那时候可真爱请客到家里吃饭啊,朋友们的快乐使我们的小窝温暖灿烂。

老爸看到我俩过上这样的小日子，也真踏实了，不再因为他的傻儿子而在我面前担惊受怕，终于觉得他们仨也有能力让我有一个归宿。有了安稳的生活，不再为生计所迫，可以有更多的时间读书练字，我的心境逐渐清闲安逸下来。从那时起，我的字少了险峻冲撞，开始有温雅质朴、平淡天真之气。这才是我想要的。

平时，全家一周在我们的小房子聚餐一次，老爸老妈逢年过节都会送我礼物。翡翠耳环、金手链、火油钻……都是货真价实的古董首饰，哪一次不惊掉我的下巴。老妈给我的时候，不知为什么还嘟囔上一句："李文俊非让我给你的。"我心里美死了，嘴上傲娇地说："老爸做得对，你不给我给谁？"老爸在边上不吭气儿，满脸笑意地看着我全身发光一样地戴上首饰、各种比画着臭美的样子。

此刻想起来,多少次我人生的巅峰时刻、我最快乐的瞬间,都是老爸爸给我的。我在这人世,何曾受过如此殊荣……

还有那些我做梦都想不到的好书,《鲁迅全集》《沈从文别集》都是最早的珍藏版。更有冯至、钱锺书、杨绛、朱光潜、屠岸……诸位神仙级别的大师签名本。家里摆放着这些书,我觉得自己也身价倍增了。我嫁的这可是精神豪门、文化富二代呀。

五

　　有时候我也不顽皮,很想听老爸讲讲他以前的故事,讲讲他们的时代。老爸的回答通常都是淡淡的、简略的,避重就轻。渐渐地我忘了他是大翻译家李文俊先生,只知道他是我可爱的老爸爸。

"老爸英语为什么那么好？"

"我爸爸是英商怡和洋行职员，会英语，回家经常跟我们小孩子讲英语。我中学时候的英语老师人很温柔，对我很好，我英语每次都要考第一名，我想让她高兴。有一次我得了第三名，伤心得大哭，朱老师就把我揽在身边好好哄着我。"我想见那个聪明善良的小少年依偎在老师臂弯里抽泣的画面，得多萌呀！

"老爸明明是复旦大学新闻系毕业的，怎么搞翻译去了？"

"新闻专业通常要与政治人物打交道，我这一生最不懂也不感兴趣政治。我中学同学、年少时的好朋友蔡慧提示我，使我在外国文学的道路上走下去。"

"'文革'的时候你是啥成分？受迫害吗？"

"我是'五一六'，刚被打成

'五一六分子'我还去问领导，我怎么成了'五一六'了？领导在前面走，我追在后面问。领导开始不说话，我又问，他转过头来很凶地对我讲：'自己想！'我回去想了半天也没想出来，干脆不想了，就想好好保护张佩芬，别让她跟着我受牵连就行。结果第二天一早，张佩芬也成了'五一六'。"说完自己笑了，"我受迫害不大，我们所里全是级别比我高的，我那时候也最年轻，受迫害都挨不上号，只下放在河北怀来干了一年农活。我割麦子乱七八糟的，老乡一把推开我。盖房子、挖井，我干什么都很努力，越努力老乡越看不上我。最后让我去干木活，锯木头，我也有兴趣，觉得当个木匠也挺好，结果还没学会就被社科院召回了。"

"为什么要翻译福克纳？"

"他很难译的，我就想这么好

的作家,难也就由我来译吧,我对他也很喜欢。当时钱锺书知道我要译福克纳,他对我说:'愿上帝保佑你!'"

我大笑,问他钱锺书是在调侃你吧?他只笑笑没回答我。我就说:"不过上帝总算保佑你了!"

"对了,怎么追的老妈?"

"没追,一上班就分在一个办公室。办公室一共四个人,我们三个男的，就她一个女的，不认识别人了。"我去，别人眼中的金童玉女、美满姻缘，到了他自己这里就这样！我对这个回答很不满意。他看我的表情，不忍扫兴，就又说："我们单位举办晚会，张佩芬在晚会现场私下为我唱《清平调》，我觉得挺好听。"

"那时候的老妈是不是很可爱？"

"嗯，人家都叫她小鬼，就是

小孩子的意思。她长不大。"

再问就只是傻笑讲不出什么了,放过他。

后来我找到《清平调》这首歌,我喜欢听李碧华版本的,清新。又问老妈,她说是她在南京大学的德语老师廖尚果先生,在课堂上讲课讲高兴了,把那堂德语课改成音乐课了,曲子是廖尚果先生谱的。廖先生在课堂上有时会拎一瓶酒,讲高兴了,会喝一口，喝美了就教他们唱歌。我听着真是神往，民国遗风，魏晋风骨，是我的梦啊。张佩芬小老太太你真好命，出身大资本家，净遇神仙级师长，嫁给李文俊老爸，一生骄纵任性孩子气，总有人护着宠着。我也不比你差，凭什么那命呀。又一想现在这不是挺好吗？连张家大小姐都落在我手里，我不带她吃好的，她就没好的吃。嗯，我也厉害了。

## 六

我和傻天使一起生活了一年多后,实在看不过他在工作中受的气遭的罪,又加上眼见老爸老妈越来越衰老,需要照顾,就让他辞职不干了。大不了找份工资更低但清闲点的工作,这样也多些时间照顾老爸老妈。我那时偶尔也卖点自己的字，补贴一下工作室的房租。傻天使一听如蒙大赦，第二天就去辞了职。卖命二十多年，回家只拿回一只小水壶、一个笔记本和两个三角板小尺子，我看了心里一酸，对自己这个决定未曾有过丝毫后悔。

刚辞职那半年，傻天使天天回家陪老爸老妈，我们也有更多时间一起开车出去转转。北京郊区、公园、博物馆、拍卖预展……老爸的腿脚那时候还好,带他去的地方也是他有兴致的。每次相聚,彼此欢快,只是我嫌老爸老妈对我还是"只如初见"般的态度。给老爸端个水、盛碗粥,他每次还要站起来双手接说"谢谢"。对我这个山东人来说,是些多余生分的客套礼数。老妈更是从未对我讲过任何一句带有私人感情的话。故而我又认为这是他们与我刻意保持的距离，微微不爽。我们一家形成相敬如宾又不失真诚的固定相处模式。只有我对老爸不时的顽皮打趣，他又甚解风情应对的时候，那些固化的东西才会被打破。

后半年，傻天使在家也待腻了，总跟两个八十多岁的老人待着，我也看出他的苦闷，想给他找份轻松点儿的工作，又苦于没有门路。这时候善于出馊主意的我妹马新阳告诉我可以让他开网约车,又赚钱又可以自己控制时间。我一听有道理,傻天使那车开得,绝对像电影《雨人》里的自闭症老兄:"我是一名出色的驾驶员!"于是我把开网约车这一行当描绘得跟玩游戏一样欢乐,并且确定地告诉他不需要开口说话,哑巴都能干,问他愿不愿意。他倒是不排斥。别人都以为他会对我唯命是从,其实他自己主意正着呢,只有我的引导符合了他的意愿才去执行,否则任何酷刑甚至枪毙都丝毫动摇他不得。我的朋友给他介绍去装订线装书,我想多适合他呀,坐在那儿不用开口穿针引线,又是和书打交道,工资很低,但时间灵活。结果他死活不去,问他原因怎么也说不清,最后被我逼急了,吐了几个字:"最恨针线活!"看在人家这句囫囵话的份上,我也放弃了。

那段时间他就当一名"出色的驾驶员",开网约车去了。结果后来我从老爸的言辞中听出老妈很不爽,儿子从工人阶级变成轿夫祥子了。老爸又问我会不会看不起他开滴滴的儿子。我笑着讲,怎么会看不起?他就是出去能给我偷回家钱我都高兴地花。老爸讪讪地说:"那你也太过分了!"我大笑。

几个月后,我也觉得委屈傻天使了,想出一个大招:教他刻章呀！这下傻天使真开心了，每天用功学到大半夜，自己淘书，我指点着，没多久就可以刻铁线篆了。又练了三个月，我的热心肠朋友懒君和我妹就帮他介绍生意了。傻天使那一年终于找到了自己喜欢做的事情。老爸看着他一本一本的小印谱，拿在手里欣赏得不得了，他觉得自己的儿子太了不起了，不停夸赞，见面就要看傻天使的印谱。我又告诉他，人家傻天使现在有朋友捧场能赚钱了，老爸更是惊叹不已，笑成一朵花，说我给他把儿子调教得太好了，什么都会干了。我说傻天使本来就很手巧，当初为什么不让他学个文物修复什么的？怪他不好好培养孩子！老爸对于我的谴责面无愧色，只是说："我管不了他，我管不了他，还好遇到你，你可真是他的知己。"我撇着嘴领下他的千恩万谢。

## 七

朋友中有很多敬重喜欢老爸的,有机会我也会安排他们见个面。他也很高兴跟年轻作家们交流,或者与我的有趣朋友聊上几句。有一次一个傻哥们儿对他崇敬的热情让我也有点感动,问我能不能见见老爸时,我也给安排了,但没想到那哥们儿会逮着老爸问上一大堆蠢问题。老爸开始还认真给他讲两句,一会儿也受不了了,却并不教人尴尬,顾左右而言他,装糊涂。我暗自偷笑。等那傻哥们儿一走,我不好意思地说:"老爸,我还以为这可以让你多接触人,过得热闹些。"老爸说:"我对他们的世界不感兴趣。"这句话说得语气轻分量重,他绵里藏针,不使人难堪,也绝不勉强自己迎合他人,包括我。

老爸的谦逊是真够可以的。我对他的名望并无多大了解,偶尔从朋友那儿听说他对中国当代文学的影响力,回家转达询问他,他总强调自己只是最普通的人物,尽力认真工作而已。有次我无意中听了许子东教授的一个音频节目,说当代一些作家的文字风格受李文俊、傅雷等翻译家影响太大,文字中带着一种翻译腔。我当时很惊奇,许子东教授提及我老爸时竟把他的名字讲在傅雷前面。当然这肯定是不经意的,可是越不经意越说明老爸的影响力大呀。我见到他,把许子东教授的音频文稿截图给他看,问他:"这是在夸你吗?"他立即说:"不敢当!不敢当!"答得巧妙。我说:"你不敢当,谁敢当呀?以后就叫你李敢当了。"他笑,不理我。有几次因为他总买假古董,气得我在他身后一米远扯着嗓子拖着长腔喊他:"李文傻,李文傻。"他假装听不见,对自己这个顽皮儿媳妇的欺负也常常很无奈。

二〇一八年元旦那一天,我邀请老爸的两位好朋友、老同事,翻译家罗新璋先生和薛鸿时先生来家里一聚。下午喝茶,晚饭我给他们做了一桌菜。罗新璋叔叔还带了新年蛋糕。他们都太老了,难得相聚，有这样的机会实在是开心。四位老学者忆往事聊学术，我在边上看着听着也是幸福得不得了。

整个过程竟然就数老爸最活跃，罗新璋叔叔温文尔雅，薛鸿时叔叔谦逊内敛，老爸爸神采飞扬讲东讲西停不下来，诙谐戏谑，豪气冲天。那是我唯一一次领略他谈笑风生的风采。原来在信任的老友面前，老爸爸是这样一个有激情的人，不禁想我这要是早投胎个几十年，也许要爱上他的。

## 八

我认识老爸的时候他已经八十五岁了,身体虽衰老,各种老年人常见的疾病也都有,但他心态乐观豁达,也坚持规律服药,没出过什么大问题,生活很独立自理,从未累过人。但二〇一九年初,老爸整条右腿都水肿起来,很严重。我们带他来回跑医院,挂不上号找不到对路的医生,费尽周折也查不出病因。老爸就那样乖乖地跟着我俩在医院东跑西颠,一点不叫苦。对我说得最多的话就是:"谢谢!给你添麻烦了。"完全没有在病痛折磨下病人多见的失态失言,这使我想起他在文章中记下的他母亲晚年写下的一句话:"无病而终倒也十分痛快。聊尽人事，以俟天年，对生死等闲视之。"老爸很佩服很爱他的母亲。我在他病重的时候，见识了那位传说中的祖母遗传给他的品格。"纵浪大化中，不喜亦不惧。应尽便须尽，无复独多虑。"他多年前为自己的散文集取"纵浪大化集"这个名字的时候，生死之事早已彻悟达观。

可我眼看着老爸受苦，自己又孤立无援，真是焦急啊！问了几个朋友都没找到妥实关系。幸亏这时候傻天使想起他这一生唯一的朋友，他的发小，三十年前考的就是医学院。他从网上把人家搜出来，发小正好在北京一家很有名的医院，已经是外科手术专家。我一听就带着傻天使和老爸的病历，硬闯发小的专家门诊。果然，能和傻天使玩到一起的发小也是天使。三十年不见，认出彼此的瞬间，一切都回到少年。约好第二天我们带着老爸去了他的医院，不到一个小时的时间就帮助我们全部检查清楚，处理完毕。

在老爸的腹腔发现了一个不小的肿瘤，压迫周围血管淋巴，导致循环障碍，引起整条腿水肿。何况他糖尿病高血压都全乎，年近九十岁，医生根本没有办法。发小医生只好安慰性地给他开了一些促进血液循环的中成药。

从医院回来，我就绝望了，

以为我的老爸爸这下完蛋了。在心中做好了一切告别的准备，哭过、痛过，反复宽慰着自己。试探性地和老爸聊起对待死亡的态度，他没有丝毫不安恐惧，只是笑呵呵地说："我早就活够本儿了。不要紧，不要紧。"让他搞得好像是我在小题大做不扛事儿。所以我难过归难过，但他的状态始终使我安心。他豁达开朗的天性、生死之事等闲视之的心态，让重疾竟然奇迹般地痊愈了。从医院回来，腿一天天消下肿来，不到两个月又活动自如。我惊奇得不行，问发小医生，发小医生也是一脸蒙，无从解释，笑着摇头。

## 九

康复后的老爸继续和我们过着安稳而规律的日子。直到疫情各种封控,我们相聚次数明显减少。但傻天使陪他们的日子更多了,一封控我就把他撵回家陪老爸老妈。有时候一封一两个月,他们仨在一起，我教会傻天使几个简单炖菜，他又会叫外卖，这样我不大过去倒也放心。解封的时候我会每天早晨做三四个小菜，傻天使中午带回家，晚上陪他们吃完饭再回来。基本是这样应付着。

最后这一两年，老爸的身体还好，但记忆力明显衰退，说过的话一会儿又说一遍，饭量也很小，生活倒一如既往地规律，什么都能自理。每天坚持自己洗澡，身上没有一丁点儿老年人身体的腐朽气味，九十岁还能骑自行车上街。我一听说他又骑车上街了，就心惊肉跳地脑补各种他摔跤的画面，但人家每次都能拎着菜篮子，里面盛着他买来的面包水果，毫发无损美滋滋地回来。次数多了，我也"痞"了，他就这样如有神助地活着，让我也误以为我的老爸永远不会病、不会死。

疫情这三年，尤其二〇二二年，我的心情一直很糟糕。没有经济来源，看不到希望，心里没什么安全感，整个人常常处于一种颓唐苦闷状态，沉浸在自己的情绪里，和老爸聚得更少了。就算聚也是听他反复讲他儿子幼儿园的故事，我礼貌性地哼哼哈哈应着，少有什么话题。唯一的乐趣是看着老爸那张脸越来越好看，有老者的慈祥又有小孩儿的纯萌。

他的动作也越来越迟缓，我很容易给他抓拍到一些好看的照片。饭桌上我吃饱了就忙着给他挑照片，时间长了，他有点不高兴我不陪他玩儿，说我光玩手机，我赶紧给他看正在给他选的照片。他接过手机看着自己说："哎哟，我竟然这样老了啊！我自己都不知道。"

十

二〇二二年十二月八日是老爸九十二岁生日,傻天使把他们接到家里,那天老爸还是精精神神的。生日蛋糕点上蜡烛,让他许愿,他总讲着跟往年一样的话,感谢我为他辛苦,祝我和他儿子生活得开心健康。老爸没有酒量，酒兴却极高，他喜欢大家说说笑笑的好气氛。他的最后一个生日，我们和往常相聚一样开心圆满。

　　结果第二天晚上我就发烧了。那时候疫情已蔓延，我感觉自己是阳了，但测抗原一直是阴性。打电话问傻天使，他说他也觉着自己在发烧，我让他量体温测抗原，他说不用，他会待在自己屋里少出来，给老爸老妈弄饭时戴上口罩就行。我当时自己已很难受，烧了三天三夜，也顾不得太多，只嘱咐他好好观察着老爸老妈。第三天他告诉我老爸也不太好，问他有什么症状，说不发烧嗓子不疼，就是虚弱没精神很少说话。我感觉老爸可能是阳了，只不过症状很轻，让傻天使好好护理他。每天打电话问都是同样的情况。几天后我觉得自己康复了，测抗原还是阴性，傻天使说他也早好了。我赶紧去看老爸，一进门看到老爸拄着拐杖，艰难地站在走廊里想去厨房。几天不见，他一下子消瘦了许多，虚弱到几乎不能走路。我一下子忘了控制情绪，冲过去抱住他，哭着问，老爸怎么一下子瘦了这么多！老爸被我从背后拥抱着，拍拍我的手，我扶他坐好，他见我满脸是泪就安慰我："不要紧，不要紧。我不怕死，这么大年纪也该走了,你别哭。""我给你们留下的钱,吃饭够了。"我愈发受不了了,抱着他流泪:"老爸不会死,老爸不会死。"

情绪平复一些,我去厨房给他蒸了鸡蛋羹,他开始吃不下,我一勺一勺喂他,他就乖乖地使劲往下咽。两个鸡蛋全吃下去,我放心了很多,量体温也正常,没有任何症状,就是虚弱。当时正值疫情高峰,老爸没太大症状，我不想送他去医院，怕更危险，何况我们在北京没有任何关系，就算严重估计也住不进去。我决定自己照顾老爸，当天晚上我一直陪着他，扶他上床盖好被子。因为家里只有三张小单人床，我没地儿睡，十点多又让傻天使送我回自己家。

结果一回家我就不行了，净往坏处想，越想越痛苦，像被铁锤砸得前心后背剧痛，着了火一样坐不住躺不下,一会儿一个电话问傻天使老爸的情况。他说老爸睡得挺安稳没事,可我就是掉进悲痛焦急的深渊里出不来,折腾了一整夜。

第二天早晨五点,我就把傻天使电话叫起来接我过去。见到老爸,他还是弱弱的样子,但我安心好多。他起床后自己洗漱,和往常一样吃他的早餐:杂粮面包加酸奶,二十多年简单到极致的固定早餐。我见他用手撕着面包一口一口努力地嚼，喝着凉酸奶往下咽，心疼又感动。他这一定是不忍我那么悲伤，要努力让自己活过来！

当天傻天使找到一个小钢丝床，我也能住得下了。陪着他，他竟然一天比一天好起来，三天后基本康复。有精神了，又能自己走路，甚至还扔掉拐棍，又开始和我讲车轱辘话。我亲历奇迹，那些天真是开心死了,各种感恩,逢人就讲老爸闯"阳关"的经历,发朋友圈让大家和我一起庆祝我几乎失而复得的老爸爸。

　　康复后的老爸爸明显又糊涂了一点点,但是愈发可爱得不得了,他忘掉了那些客套虚礼,和我更亲了。我总忍不住要去摸摸他的脑袋,亲亲他的脸,握着他的手。他成了我的小乖宝,笑眯眯的,慈爱风趣,愈发萌萌地乖巧。只要我在他身边，就不停地和我聊天，表情生动俏皮。我依偎在他身旁，他也不怎么看我，爷俩儿就像两三岁的小孩儿，咿咿呀呀不着边际地说笑着。他看上去糊涂，反应却更快了，我调侃他，瞬间就能给我还回来，风趣诙谐，愈发机智。我笑死了，甘拜下风。

二〇二二年十二月二十日，我在微信朋友圈里记下一段文字：

"老先生这次闯过'阳关',变成了个两三岁的小乖宝,调皮乖巧,话也多了很多,不停给我讲他小时候的事情,满脸暖暖的快活。一件事情差不多连续讲八百遍,我每次都要假装第一次听,嗯啊哈地陪着他单曲循环。我这演技可以混个金马奖最佳女配角了。"

瞥一眼他身边一堆堆的书,问作者是不是他的朋友,他也会被我带偏一会儿,聊聊与他的老友们的交际。问他和季羡林熟吗?他答:"季羡林喜欢我,我们是可以讲心里话的朋友。"冯至、钱锺书、朱光潜、季羡林、巫宁坤……这些书上的、在我眼里发光的名字,他提起来都是拉家常的样子,讲得温情朴素。

只是一会儿又回到童年的单曲循环中,开头总是一句"我年轻的时候可真蠢呀……"接着就爆料自己那些我听起来比我明智一百倍的糗事儿。

我给他显摆我的小音箱，问他要听什么音乐，他说莫扎特、肖邦。他要听他姐姐每天在楼上练习钢琴时弹的曲子。给他放莫扎特的《摇篮曲》，他就跟着唱英文歌，可爱到我抱着他的胳膊傻乐。他也高兴，问我可不可以给他买一个这样的蓝牙音箱。我说这个送给你了。他笑得眉飞色舞，夸我大方，说那得给我钱。他说他"灰常"有钱,可能马上就又有稿费了。还说他的张家大小姐张佩芬更有钱,都存在香港银行里。好像他病这一场只是出去发了个财,身价倍增地回来了。他小时候家境不错,这下一回到过去,又成了那个衣食无忧的小阔少。原来小时候拥有的,才会一辈子不缺。照此推断,我老了糊涂了岂不是要天天担心没人管没钱花,好怕怕。

一起吃饭的时候,又开讲张佩芬小老太太当初为什么没评上职称的旧事。他说张佩芬人家是大资本家的小姐,看不上那点名利,不和别人争。但冯至先生很为张佩芬鸣不平,冯至先生一直认可张佩芬的人品才学,当她是自己女儿一样看待,说张佩芬发掘介绍给中国人一个德国作家,比别人有贡献,为什么反而不如别人有好处。反复讲到第八百遍，人家娘俩都吃完走了，我还在当听众。趁他稍一停顿，我问他：喜欢张佩芬这性格吗？他一下子转过脸来，无比清醒笃定一个字一个字地对我说："我不大喜欢！"同时满脸痛快地坏笑，好像把憋了一辈子的一句真话讲出来了，又轻轻补充了一句："她不听我的。"顿了一下叹息道："我脾气好啊……"满脸惆怅。

然后，我俩终于陷入沉默。

我就在想，到底是他糊涂了，还是我糊涂了？为什么我一巴巴儿地问他个自以为好的问题，他都能瞬间顶我个大跟头？毕竟我也是"阳过"的人，前两天儿那脑子也一样跟被驴踢过似的昏涨涨的……

十二月二十三日，我见他在书桌前听音乐的样子好看，偷拍他，记下："世上竟有如此可爱的老糊涂，每天来陪陪他，听他讲讲车轱辘话。俺俩好得那叫一个'一日不见如隔三秋'。"

这两天他又老给我说起他在"文革"中的经历，以前很少讲。他讲得平淡，我听得灼心。只是往事里那些人的名字我都记不住，也许名字不重要，那些故事我会悉心保存……

讲着的时候还会拍拍我的胳膊："你这个脾气要是在'文革'……"我赶紧附和。他又说也有混得好的，我赶紧说对对对。他就笑得挺无奈，大概也明白我这种人需要有一个温和睿智的人护着……他什么都看得透。

他知人论世举重若轻的样子，化解着我内心的波澜。等我老了，能记起来的，或许也只是自己依偎在他身旁的一个场景吧。

他说那些年动不动被人叫去改造，都靠装傻过关，当时唯唯诺诺，战战兢兢，听训话做笔记的样子自己讲起来还笑。他能渡劫是心里清明，他洞察到那罪恶洪流的源头，于是面对苦难少一些错愕与费解。我想，一个人只要不在心里给自己罪遭，外来的苦都可以安之若素，老先生就是这样。

他可真好，历尽沧桑，白璧无瑕。我乖乖陪伴，默默景仰，够我学习一辈子了。

## 十一

我那些天陪着他,时时被他逗得哭笑不得,根本就想不到他的脑袋里哪根弦会搭回到哪个时期。回到童年,他就给我讲小时候怎么调皮,帮妈妈爬楼擦玻璃还要零花钱。玩双杠摔断手臂,妈妈怎么带他去求医。骗妹妹饼干吃,说起来还满脸真切的愧疚,好像饼干他刚咽下去。

讲他的爸爸妈妈的故事,这些他都写在散文集《天凉好个秋》里,我粗略读过,故事的内容我早已晓得,但听他此刻对我讲话的那个语气表情,比故事本身更吸引我亲近他。

回到青年时代,就反复揪着他一个高中同学,不停地讲那人怎样总是跟他要钱花。一直到大学毕业,那不成器的家伙还跑来北京找到他,跟他说:李文俊,冬天天冷了,我想做条呢子裤子,你给我点钱。我问他:"你又给了?"

"给了。"

"你怎么这么傻,你又不是他爹,凭什么给他买裤子。"

"大家以前不是挺好的吗?再说他是挺穷的,给就给吧。"

"那你自己还没穿上呢子裤子呢。"

"没关系,没关系,他家租住在我姐夫家,他爸连房租还都不给我姐夫呢。"

"那你们这一家子算是被他们那一家子赖上了。"

这下子不说了,低头吃饭,五分钟后又循环了一遍。不管多么无聊的话题,我都不舍得让他打住。他那张脸,那些表情,叫人看不厌。

回到"文革",提及自己的遭际多戏谑之色,所受的委屈苦难轻描淡写,讲起老友同事亦多感念,只有提及他的"张家大小姐"才略有想想都后怕的表情。

所里开他的批判大会,领导在上面拿着稿子逐条念他的"罪状",张佩芬很不服气自己的丈夫受这等冤屈,坐在会场的椅子上用双腿撑着桌枨,来回咣当椅子，仿佛有节奏地在为领导的发言打拍子。老爸说当时吓得他大气不敢出，领导给他列举的几十条罪状，一条也没记住，只在心里祈求他的"张家大小姐"：你别咣当了，你越咣当我的罪就越大。我此时听来也如笑话一般。问老妈，是这样吗？"对，爸爸保护了我一辈子，要不是他，我肯定不知道要戴多少顶帽子。""开会的时候，他一见我要说过头的话,赶紧跑过来假装给我们倒水,踩一下我的脚。有时候偷偷递一张纸条告诉我该说什么不该说什么。"

他这一辈子什么都不怕,就怕他的张家大小姐"因言获罪"。

也有气呼呼的时候,那多是想到师友们的蒙难。无伤大雅地笨拙地骂:"害死多少人!害死多少人!"越说越激动,人从椅子上站起来,声音大起来,表情像个被惹急了的小孩子。我赶紧抱抱他,问他与老友们的愉快一些的回忆。比如钱锺书先生在"五七干校"向他借书之事,他帮杨绛先生投洗被单的事,这些温情的记忆又很快使他平静下来。

那一刻我看着他的样子,才知道原来时代旋涡带给人们的苦难,在他的心里始终悲愤涌动……只不过他内敛隐忍的个性,绝不允许自己流露过多真实情绪。

如今他老了，一切外在约束渐渐脱去，真性情一点一点水落石出。

一个明辨是非、爱憎分明的人，如何做到毕生谦和温良而不失本真。"猝然临之而不惊，无故加之而不怒，此其所挟持者甚大，而其志甚远也……"

讲起他在《世界文学》当主编的时候，说到自己的好朋友老同事，因为激越的性情、真率的言行，被免去主编职务，由他来接替工作的事情。反复讲他那位老友过于激情又不失可爱的言辞,说到端着碗忘了吃饭。我伸出手臂揽了一下他的肩膀:"老爸不讲了,再讲你也当不成主编了。"他立马狡黠地说:"可是,我已经当过了。"一脸笑到最后的得意。

老爸一直担心我和傻天使没有经济来源,一有稿费就先告诉我他又有钱了,说都留给我,好让我开心。春节前,上海一位收藏家朋友定了我几幅字，字还没写，先打过来定金。我感动又开心，给傻天使打电话让他告诉老爸。结果第二天我一进门，老爸就颤颤巍巍地走过来问我："听说你发财了？"我一怔才想起昨天的事儿，立马拍着胸脯豪横地说："对，我有钱了，请你吃大餐去，过几天我们就去吃你喜欢的粤菜。"老爸笑得更像个孩子了。

  那些天我们真开心啊，还想

着疫情封控终于结束了，春节后天气暖和，我们四个又可以开车到处转转了。

## 十二

春节前几天,我问老爸年夜饭要在家吃,还是去我们的小窝,老爸痛快地说:"去你们家呀。"他已经习惯逢年过节就去我们家。于是春节前一天我就开始准备年夜饭食材,年三十下午什么都准备好了,等着傻天使带老爸老妈一起过年。

下午四点听到楼梯有声响,我赶紧开门迎出去,发现傻天使搀扶着老爸一步一步地挪,走得很艰难。前一天还好好的老爸怎么又不会走路了,我意外又心疼,赶紧一起把他扶进屋坐下。问他哪儿难受,他说不难受,就是走路费劲儿。我见他精神还好,卷起他的裤管,捏捏膝关节。他说左膝有点痛,我就以为只是腿的问题,还挺放心的,又去做饭了。

等我做饭的时间,我在手机上搜出他的一些访谈节目,和关于杨绛先生的纪录片,投屏在电视上给他看。他看得很认真,说自己那时候真年轻。

开饭了,我准备了一大桌小菜,花花绿绿的挺好看,包的鲅鱼馅饺子。老爸坐到餐桌前一样样看着开心,给他倒上小半杯啤酒，又对我们仨频频举杯，夸饭菜可口，吃了两个大饺子，夹了各样小菜都吃了一两口。

餐桌前，灯光下的老爸爸面色光洁，两道雪白的长寿眉，笑眯眯的眼睛，因为动作迟缓而多几分憨态，又纯又萌，可爱得我看不够。

饭后他坐在椅子上，隔着茶几看他的傻儿子跷着二郎腿冲他做鬼脸，他就像个孩子一样一边笑一边学跷二郎腿。我在一侧笑着喊："老爸真好看,老爸是靓仔。"他也笑:"哪里,你又乱夸。"我正好拿着手机赶紧抓拍下他的样子。他的脸庞越发明净清秀,笑容纯良祥和,我忽然觉得这个人一生未沾染过世俗尘埃,到此际似乎发光了。

十三

大年初一我和朋友下午去看了一场电影,刚从影院出来收到傻天使信息,说老爸有点虚弱。我赶紧过去,见到老爸的确挺虚弱,不过还好没有其他不适,问他什么都说"没事""行""能"。

话少了很多，成了个小乖宝了。晚上我住下，让傻天使赶紧下单轮椅、移动马桶，老爸要是不能下床，有这些东西照顾起来方便。结果到货后还没来得及拆封……

最后那天下午，我在厨房做晚饭，老爸在客厅听音乐，老妈在旁边看报，傻天使静静陪伴。平时老爸每天都听音乐，大多是西洋乐，我听不懂，觉得有点吵。那天他的唱机放的竟是邓丽君。

锅里炖的汤飘出香味儿,邓丽君温婉甜美的歌声传到厨房,我一边切菜一边想,这样的好时光要长一些,再长一些。

我炖的是黑鱼排骨豆腐汤,一根根挑出鱼刺的时候还想,我妈要知道我会这样伺候人肯定惊掉下巴,在她眼里我就不可能有耐心伺候任何人。

给老爸盛了大半碗,他吃得很慢,但很享受的样子。问他好不好吃,说好吃,不主动说话了,认真吃鱼喝汤。傻天使指着我问他我是谁,他慈爱又开心:"她是我的儿媳妇呀!"我跟着傻笑。

饭后照常扶他漱口,看电视时我坐在他身边的小矮凳上用艾条给他灸腿。他手里握着遥控器无精打采,看一会儿电视就看看我,问,好了吧,我用手捂着他的膝盖说,多灸会儿舒服。他每次都听话,但不说话了。他一辈子不给人添麻烦,我知道他看我这样照顾他,又是过意不去了。灸完给他理好裤袜,我对他说:"老爸真好伺候。"他憨憨地说:"嗯,不挑。"

十点多了我们催他早睡,他还是要先自己洗澡,却站不住了。我从背后双手搂抱着他,在水盆前,他自己洗了脸又漱了一遍口。然后拍拍我的手背说:"好了,你也不用老抱着我了。"扶他上床躺好，掖好被子，老妈也过来问候道晚安。傻天使问他："我是谁？""你是我的弟弟呀！"我俩都笑了，分不清他是一时糊涂还是又在幽默，我听着语气挺认真的。这是他在世上说的最后一句话。

## 十四

傻天使在老爸的床边搭了个小钢丝床睡下。第二天一早我过来看老爸睡得很香的样子,问他老爸晚上起夜没有,他说没有。我要叫醒老爸方便一下,傻天使还舍不得吵醒他,我说不行,非让老爸起来,结果叫不醒了。反复喊了好多声老爸,他会偶尔哼一下。我知道不好了……扒开他的眼皮用手电照,瞳孔已散大,但呼吸心跳还好。打电话给医生朋友把老爸的情况说了一下,我说出我的想法,如果抢救措施没什么意义了,我们打算让老爸安静离世。医生朋友根据我说的情况只是说估计抢救意义不大,但你们要自己全家商量做决定。放下电话我先问老妈："老爸陷入昏迷，没意识了，但心跳呼吸还有，我们要打120抢救一下试试吗？"老妈只是坚定地说："不要给爸爸插管子，不要打扰爸爸。"傻天使看着我的眼睛点头，他也要守着老爸，就这样安安静静地。我们三个都知道最后的告别到来了。

　　我对傻天使说去把老爸译的第一版《喧哗与骚动》拿来，读给他听。傻天使随手翻到一页大声地磕磕绊绊地读到第三句的时候，我看见老爸的眉毛很明显地连续动了三下。老妈在一旁喊："爸爸有反应，快接着读！"再读就没有任何反应了。我眼睁睁看着只剩下呼吸的老爸，唇舌焦干了，盛一勺水一滴一滴湿润他，可稍多一点就呛起来，不会咽了。

我们三个就这样守着，看着他即将熄灭的样子，那样地痛苦，我写不出了……

下午傻天使握着老爸的手哭泣:"老爸不会说话了,没留下遗言。"我问他家里有没有《圣经》,他立即蹿去另一间屋取出一本《圣经》递给我。我双手捧着《圣经》对他讲:"现在我随手翻到一页,闭上眼睛用手指按在哪句上,就是老爸留给我们的话。"结果我睁开眼睛一看,泪水一下子冲出眼眶。我哽咽着读:

"我儿,不要忘记我的法则,

你心要谨守我的诫命;因为他必将长久的日子,生命的年数与平安,加给你。不可使慈爱诚实离开你,要系在你颈项上,刻在你心版上。这样,你必在神和世人眼前蒙恩宠、有聪明。"《箴言》,第三章第一句。我们一家都不是基督徒,也没有任何宗教信仰。我只是觉得老爸一生的事业与外国文学有关,他的思想语言更偏于西方,才在最后的时刻想到

《圣经》或许与他更亲近。这一刻我完全相信神明自鉴，一切有定数。我翻出的这一句正是老爸一生为人的准则和他对我们的期许。这是我半生亲历的最神秘的力量，我震惊而信服。傻天使也在老爸身旁平静地泪流满面，平静地悲伤。

我们三个就在老爸的呼吸声中木然坐着，人在极痛极哀的情绪中除了麻木什么都做不了。我只觉得心被两只手使劲攥着撕扯,酸水咕嘟咕嘟往外冒,烧得浑身冰冷。到了晚上我快要撑不住了,傻天使也和我一样。我紧紧把他抱在怀里,轻拍着他的后背:"我们去另一间房歇会儿,这样盯着也没有用了,我们承受不住。在另一个房间歇会儿,每半小时过来看看就行。你听我的话,老爸一定不愿意我们这么痛苦,对不对?"

他顺从地跟我去另一间房间。老妈也在床上躺下,她的卧房紧挨着老爸的房间,可以听见他的喘息声。

凌晨三点三十分,老妈到我俩房间平静地说:"爸爸走了。"我俩过去一看,老爸已停止呼吸。

老妈说三点她还听见老爸的喘息声,三点半再没有声音了。

老爸是真的走了。

我们给他擦干净身体,我把

准备好的老爸生前穿过的洗干净的衣服，从里到外一件一件给他穿上，整理平整，给他戴上眼镜。然后电话120来开具死亡证明。

等天亮了，老爸的身体完全凉透了，傻天使给殡仪馆打电话。我们不要任何风俗仪式了，这样看着已经失去体温的老爸，我们三个承受不住。

殡仪馆的司机告诉我们：家中需有三四个青壮年帮忙将老爸

抬到楼下，抬上灵车。可我找不到任何一个人。我让司机帮我们找人，付多少钱都行。结果灵车司机是一个人来的，说打了几个电话没人愿意来。我说我抬得动我的老爸爸。

照着灵车司机的指导，我和傻天使，加司机三人，没有闪失地将老爸平稳入棺，抬上灵车。

九十岁的老妈也要跟着去殡仪馆，灵车必须跟一个人，当然只能我了。

　　我坐在灵车上陪着老爸,迎着初升的太阳,送他最后一程。傻天使和老妈开车紧随其后。不在他们娘俩面前,我的泪水尽情流淌。我一路清泪配得上老爸爸洁净的一生。

十五

从八宝山殡仪馆回来，我先去给老爸洗出遗像照片，回家挂在他的小房间。他生前自己淘的那些瓷瓶，我插满鲜花摆满房间，将他的译作摆放在他的遗像下。太多了，只摆得下一小部分，我挑选了好看的版本。我记得他讲过，他的书才是他一生的行李。

在处理这些事情时，我们三人始终平静有序。

我先是私下通知了我们几位亲友老爸离世的消息，又通过好朋友作家鲁敏找到《世界文学》的主编高兴先生。高兴先生立即帮我们处理好老爸单位社科院的事务，发讣告通知。等我忙完各种事务，才发现文学界新闻已铺天盖地发起对老爸的悼念追思。我跟翻译界、文学界从无交道，朋友圈也少有文学界的人，通过这些追思老爸的文字，我才知道原来我心中的那个老爸爸对中国当代文学有如此大的影响力，整个文学界像一场漫天飞雪般地悼念追思。一生谦和的老爸爸，他的品格与学术成就等高，世人能够见证真实的光芒。

## 十六

这些天整理老爸的遗物,十几本厚厚的日记本,密密麻麻记录着他的日常生活。我一本一本翻开看字迹,从开始的笃定飞扬到最后的简短无力,内容我还静不下心细看,只翻到他记下与我有关的文字,我用心辨识。初见那天的日记,他写下与我会面的过程,最后四个字:"印象颇佳。"这些年每次我们相聚,他都有记录,常有"相聚甚欢"字句。日记写到二〇二一年十月二十一日戛然而止。

二〇二二年的特殊情况下,他也极少有机会出门,估计也没什么值得记录的了。大多数时间和糊涂老伴、不说话的儿子困在屋子里，想必他的心情多是苦闷的。偶尔见上我一面，像小孩告状一样地告诉我：他去超市被一个女的抓住胳膊掐得他肉都痛，给拎出来了，满脸委屈又费解。这个世界，他已经弄不明白了……

我守着他留下的这十几本日记，还有不少他未出版过的、从很年轻时陆陆续续星星点点译出的自己喜欢的诗。几十年的老本子，他亲手剪报粘贴整理的诗集译稿，我捧在手中，泪水不小心滴在上面。

老爸这一生留下的只有文字，这些文字又是什么呢……

他的学术成就，以我的水平不大能弄明白，我看到的、记下的只是我自己心里的老爸爸。我爱他，胜过人间所有能被定义的情感关系，是最牢靠的心灵托付。他将自己最牵挂的两个人留给我，并不仅仅是由我来照顾他们,也是我早已舍不得他们了。我们三个在一起,我的心才是安顿的。是老爸爸为我们选中的彼此。

这些天老妈总说要写下她与老爸这一生的回忆。可是她太老了,大多数时间已不清醒。她坐在自己书桌前,对着稿纸上写不下去的一行半,怀着巨大的热情与希冀要去完成一件已完全不是她力所能及的事情,样子像个做不出题、在苦苦思考的小学生，就那样一趴大半天。我站在门口偷偷地呆呆地看她……

　　我要赶紧用文字记下与老爸一起度过的这段生命。也让更多人知道我这个可爱的老爸爸走到人生边上，面对生命最后关头的从容安宁。这也是我想念老爸爸最好的方式。

## 十七

从认识老爸起,他衰老的样子就不禁使我常常联想起有一天他离去的情景,在心里做过多次告别的练习。总以为那是生命的自然规律,不是不可接受的。但这一天终于到来的时候,悲伤大过所有的预期。

我终究是个情感浓烈的人，却也懂得要为值得的人动情。我再也没有老爸爸了，再听不到他的声音，看不到他的脸……想到这些，痛到窒息。不敢想。可是又分明觉得老爸比生前更深地走进我的心里。或许他已化为另一种形式陪在我们身边，就像他译的那首诗：

而是显得清醒、矜持、冷峻,

当所有别的星摇摇欲坠,忽明忽灭

你的星却钢铸般一动不动,独自赴约

去会见货船,当它们在风雨中航向不明。

这一场告别，使我体验了生而为人之大痛。没有失去过至爱的人无法与我感同身受，浅俗薄情之人触不到生命的真知。而我，是幸运的……痛过的人，对生命的体悟，异于常人了。

我记下的这些文字很私人化，不同的人有不同的解读。坦陈心迹，需要莫大的勇气，我开始也犹疑过。但老爸爸的离世，带给我平静的、无边无际的悲伤，像一场落了个白茫茫大地真干净的大雪，使我彻悟了许多许多……我决定不怕了，我什么都不怕了。

总有人将我的文字解读成一个"恋爱脑"的幽怨，我并不介意。懂我的人知道，那是人心中至为可贵的一种"情，不知所起，一往而深"的美好天性。我要寻索的始终是智慧与品格。

我这一生未曾爱过，最好的年华在困顿与茫然中蹉跎，总为人生有巨大的缺憾而怅然，却也因这缺憾，尤为珍视生命的点滴美好，情感敏感而深厚。我会清醒笃定活出自己的精彩，保持着挣脱困境的勇气，将与生俱来至死不渝的眷念化作滋养生命的力量。

　　这些年，我见证世间还有李文俊老爸这样的人，更加坚定了自己的"信"。如今在我看来，怎样的爱情，在我与老爸爸的缘分、与傻天使相依为命的恩义面前,都浅俗失色了。

陪伴老爸爸生命的最后时光,送他最后一程,使我对自己的人生亦有不同角度的打量与调整。

往后余生,我这个人差不到哪儿去了。

從此人間再無李文俊

## 图书在版编目（CIP）数据

我的文俊老爸 / 马小起著. -- 上海 : 上海文艺出版社, 2024
 （小山书系）
 ISBN 978-7-5321-9028-7

Ⅰ. ①我… Ⅱ. ①马… Ⅲ. ①纪实文学－中国－当代 Ⅳ. ①I25

中国国家版本馆CIP数据核字(2024)第099377号

发 行 人：毕　胜
策划编辑：李伟长　　　责任编辑：张诗扬　景柯庆
书籍题字：马小起　　　书籍插画：宁大侠
装帧设计：钱　祯　　　内文制作：艺　美

书　　名：我的文俊老爸
作　　者：马小起
出　　版：上海世纪出版集团　上海文艺出版社
地　　址：上海市闵行区号景路159弄A座2楼　201101
发　　行：上海文艺出版社发行中心
　　　　　上海市闵行区号景路159弄A座2楼206室　201101　www.ewen.co
印　　刷：浙江海虹彩色印务有限公司
开　　本：890×1270　1/64
印　　张：3.125
字　　数：31,000
印　　次：2024年7月第1版　2024年7月第1次印刷
ＩＳＢＮ：978-7-5321-9028-7/I.7105
定　　价：39.00元
告　读　者：如发现本书有质量问题请与印刷厂质量科联系　T:0571-85095376